AF252445

L'ART DE CONVERSER,

POËME

EN QUATRE CHANTS.

Le prix est de vingt sols.

A LONDRES;

& se trouve

A PARIS;

Chez la Veuve DELORMEL & Fils, Imprimeur-Libraires,
rue du Foin, à l'Image Sainte Geneviéve.

M. D. CC. LVII.

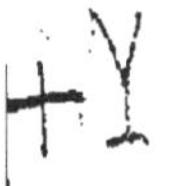

L'ART
DE CONVERSER,
POËME

CHANT PREMIER.

ILs ne font plus ces tems, où dans le fond des bois
Les hommes ignorant les charmes de la voix,
Avec les animaux marchoient d'intelligence,
Et fubiffoient l'horreur d'un éternel filence.
Ceffant de difputer aux hôtes des forêts
Des antres où le jour ne pénétra jamais,

Las de fe retirer dans le creux des montagnes,
On les vit s'affembler dans de vaftes campagnes;
Sous la pierre cacher des champs inhabités,
Et décrire les plans des premières Cités.

Quelques fignes d'abord expliquoient les penfées,
On y mêla le bruit de voix embarraffées;
Bientôt on diftingua les defirs par ce bruit,
On fçût le varier, la parole nâquit.

Des mouvemens du cœur rapide meffagère,
Elle peint les plaifirs, la douleur, la colère,
Elle dicta les loix, civilifa les mœurs,
Et fur nos jours enfin verfa mille douceurs.

Il n'eft point fous le ciel de mortel fi fauvage
Qui de fes prompts fecours ne connoiffe l'ufage.
La Nature prudente a partout cimenté,
Cet invifible nœud de la fociété.

Le Laboureur tranquille affis au pied d'un hêtre
Tient avec fes enfans un langage champêtre,
Et parlant de guérêts, d'abeilles, de troupeaux,
S'applaudit avec eux du fruit de fes travaux.

Ce Nocher que les Dieux ont fauvé du naufrage,
M'entretient dans le port de tempête, d'orage,
Au milieu des débris de fes mâts abbatus,
Il aime à raconter un danger qui n'eft plus.

O vous que tous les jours ce charme heureux af-
  femble,
Qui goûtez le plaifir de converfer enfemble,
Et qui dans les loifirs de vos longs entretiens
De la fociété refferez les liens,
Il eft mille progrès qu'en cet art on peut faire,
Mille foins à remplir, le premier, c'eft de plaire.
Sans ce rare talent nous ennuyons toujours,
Et malgré notre efprit, on rit de nos difcours.

Pour fe faire écouter il faut fe rendre aimable.
De vos propres défauts cenfeur inexorable,
Sçachez en convenir avec fincérité,
Aux graces de l'efprit joignez la vérité.
Agiffez fans hauteur, parlez fans artifice,
Ecoutez la raifon & jamais le caprice,

De joye & de tristesse évitez tout excès

Sur-tout de vos chagrins cachez-nous les accès;

Aprenez que souvent nous devons nous contraindre

Et rire quelquefois quand nous pourions nous plain-
dre.

Avant que de parler étudiez les cœurs,

Consultez les penchans, ménagez les humeurs;

Mais n'affectez jamais par de lâches careffes

D'un vil adulateur les rampantes foupleffes.

Avec quelque vieillard faut-il s'entretenir?

Par des marques d'honneur on doit le prévenir.

Quelque fujet qu'il traite, hiftoire, étude, affaire;

Ecoutez! Il dédaigne, un jeune téméraire,

Qui, critique infenfé, vient d'un rire moqueur

Sur un récit qu'il fait, lui montrer fon erreur.

C'eft manquer à la fois d'efprit & de prudence

Que prétendre combattre en lui l'expérience;

Jaloux des juftes droits que lui donnent les ans,

Il aime qu'on refpecte en tout fes cheveux blancs.

Prétez à fes confeils une oreille docile,

Obfervez quand il joint l'agréable à l'utile;

De son teint quelquefois remarquez la fraîcheur,

Et, s'il marche, louez sa taille & sa verdeur.

Veut-il par certains faits présens à sa mémoire,

Rapeler ou prouver quelque trait de l'histoire,

Admirez comme il sçait, politique profond,

Des intérêts des Rois déveloper le fond,

Et de la vieille Cour dont il vit les intrigues,

Démêler avec art les plus secrettes brigues.

Parlons aux jeunes gens de modes & de jeux,

Et par condescendence exprimons-nous comme eux.

Que dans nos yeux rians une soudaine joie

Sans affectation devant eux se déploie,

Par un doux badinage, un naïf enjouement

De leur société nous ferons l'agrément.

La Jeunesse est des pleurs l'implacable ennemie,

Les graces & les ris font sa philosophie ;

Tout censeur lui déplaît : & les graves leçons

Dans son esprit léger passent pour des chansons.

Toutefois n'allons pas, aprobateurs des vices,

De ses folles erreurs nous rendre les complices,

Ni pour flater son goût étaler à ses yeux ;

Des plaisirs séducteurs les tableaux dangereux

Dans un cœur encor tendre aisément tout s'imprime,

Gardons-nous d'y tracer l'ombre même du crime.

Fuyez ce froid parleur dont le maigre discours

Vers les mêmes objets vous ramene toujours,

Dans l'art de converser un esprit plus habile

Doit changer à propos de matiere & de style,

Diftinguons du Sçavant l'avide Financier,

Du prudent Magiftrat, l'intrépide Officier ;

Soyons, quand il le faut, Orateurs, Canoniftes,

Peintres, Muficiens, Poëtes, ou Chimiftes.

C'eft ainfi que *Damon*, cet homme ingénieux,

Se conformant aux tems, aux perfonnes, aux lieux,

Entretient un Guerrier de fiége, de pillage,

Ou d'un fanglant affaut lui retraçant l'image,

Auffi bien que *Vauban*, ou *Maurice*, ou *Villars*,

Il parle ravelins, courtines, & ramparts.

Agréable Prothée il a plus d'un vifage,

Il fçait à chaque état affortir son langage,

Voit-il un voyageur ? *Damon* connoît *Moscou* :

Traite en ſçavant du culte & des mœurs du *Pérou* ;

Si *Voltaire* paroît , il le ſuit au Parnaſſe ;

Il donne à ce qu'il dit du nerf & de la grace ;

Sur un *Ponpon* nouveau ceſſant de diſputer

Cloris , même , *Cloris* ſe taît pour l'écouter.

Un terme impropre & bas répété ſans ſcrupule ,

Peut rendre un trait d'eſprit & fade & ridicule ,

Reſpectez la Syntaxe , & docile à ſa voix ,

Faites-vous un devoir d'en obſerver les loix.

Euſſiez-vous recueilli par une étude immenſe

De mille auteurs fameux la profonde ſcience ,

Il faut ſçavoir encore , ami de la clarté ,

Répandre en converſant l'ordre & la netteté ;

Vous former un goût ſûr , fuir l'amphibologie ,

Et d'un mot bien placé diſtinguer l'énergie.

Malgré ſon élégance on hait cet effronté

Dont les libres propos bleſſent l'honnêteté ;

Le Français ennemi de l'indigne licence ,

Veut voir regner partout l'exacte bienſéance.

Laiſſons aux libertins leurs jeux de mots honteux,

Gardons-nous de penſer & de parler comme eux.

Tel eſt dans ſes écrits, amuſant, agréable,

Que dans le tête-à-tête on trouve inſuportable.

Damis parle, il héſite, & s'il dit quatre mots,

Ils ſont preſque toujours placés hors de propos.

Liſidor plus aimable avec moins de génie

Se verra careſſer dans une compagnie;

Un caractère heureux auſſi doux que ſes mœurs,

Eſt le charme puiſſant qui lui gagne les cœurs.

Pour entendre, il eſt vrai, *Séneque* ou *Démoſthène*,

Jamais à ſon eſprit il ne donna la gêne,

Mais on l'aime, il nous plaît, tandis que pâle & ſec

Damis, tu te morfonds en me parlant de grec.

Mépriſons de ce fat la gothique éloquence,

De ce goût ſuranné n'infectons plus la France,

Et laiſſant à *Ronſard* un ſçavoir affecté,

Parlons bien notre langue; aimons-en la beauté,

Elle peut diſputer à l'orgueilleuſe Grece

Le prix de l'enjoument & de la politeſſe,

Fiere du noble appui que lui prétent nos Rois,

Elle a presque soumis l'univers à ses Loix.

Le Louvre est un licée où le bon goût préside,

Et des combats d'esprit en souverain décide,

Pour la force, la grace, & le sel du discours,

Paris est devenu l'Athènes de nos jours.

Fin du premier Chant.

CHANT SECOND.

TEl , du Cédre orgueilleux dédaignant l'ombre
      altière ,

Sous l'Ormeau le Berger attire sa Bergère :

Telle , humble dans son art , la *Converfation*

D'un tour ambitieux fuit l'oftentation.

Oubliez quelquefois que vous êtes habile ,

Supprimez des grands mots l'étalage inutile.

Sans attefter *Borée* & les frimats du Nord ,

Ofez dire uniment : *il a gelé bien fort.*

Et mettant à l'écart la *corne d'Amalthée* ,

Vantez-nous votre vigne heureufement plantée ;

Ce n'eft point là ramper , ni languir triftement ,

C'eft fuivre la raifon , & parler fagement.

   Que vos mots bien liés coulent fans violence ,

Trop d'intervalle entre-eux laffe ma patience ;

Ne me parlez jamais comme un homme aux abois

Qui perd dans la fyncope & l'haleine & la voix ,

Ou qui, déja barbon, d'une langue enfantine
Bégaïe un compliment qu'il faut que je devine.
  Triphon par son grand bruit plus incommode encor,
Affecte en m'abordant une voix de *Stentor*,
Il a l'air gigantesque & le maintien farouche,
Je tremble en lui voyant ouvrir sa large bouche,
Ecoutez ! Quel fracas ! quel tumulte ! quel bruit !
Est-ce un homme qui parle ? Est-ce un bœuf qui mu-
    git ?
De tes poumons de fer cours ailleurs faire gloire,
Monté sur deux tréteaux fais-toi voir à la foire,
  Dois-je moins éviter ces parleurs forcenés
Glapissant à la fois de la gorge & du nez,
Et qui se démontant le front, les yeux, la bouche,
Dans l'art de grimacer surpassent *Scaramouche ?*
  Qu'il est de sots causeurs, & d'esprits de travers !
Muse, de leurs portraits viens égayer mes vers.
Couché dans un fauteuil, & perdant contenance,
Le stupide *Lycas* garde un morne silence,
Vous l'agacez envain : il s'endort en parlant,
Vous l'entendrez bientôt vous répondre en ronflant.

Cependant il s'éveille, il se léve, il nous quite,

Et termine en baillant son rêve & sa visite.

Un rendez-vous secret l'apelle en d'autres lieux,

L'heure aproche, il nous fait brusquement ses adieux,

Il disparoît, il fuit d'une vitesse extrême,

Où va-t-il ? chez *Climene* il va dormir de même.

Crispe plus éveillé, toujours en mouvement

Sur sa chaise ne peut demeurer un moment ;

Il court à droite, à gauche, il gazouille, il babille,

Et comme un vrai lutin près d'*Aminte* fretille.

Très-lentement s'avance un Puriste ennuyeux

Paîtri de jolis tours & de mots doucereux,

Il pése au trébuchet tout ce qu'il veut nous dire ;

Que d'affectation ! Un coup d'œil, un sourire,

Tout est dès l'antichambre avec soin concerté,

Est-ce là du discours l'aimable liberté ?

Non, non, c'est follement se mettre à la torture,

Et jamais sur ce ton ne parla la nature.

N'oser pas au besoin se servir quelquefois

D'un mot dont *Vaugelas* pouroit blâmer le choix,

C’eſt acheter trop cher la pureté du ſtyle

Et d’un amuſement faire un art difficile.

Si je veux plaiſanter même avec mes amis,

Je me croirai toujours le ſcrupule permis ;

Je craindrai d’offenſer en voulant faire rire ,

Souvent du badinage on paſſe à la ſatyre ;

Et le trait le plus fin dit ſans ménagement

En querelle auſſitôt fait tourner l’enjoument.

N’allons pas nous méprendre , & pour un ſel attique

Donner à nos bons mots une âcreté cinique.

Nommez-vous Bel-Eſprit ce Marquis furieux

Ce *Menalque* cenſeur des hommes & des Dieux ?

A ſa cauſtique humeur malheureux qui s’expoſe !

Outrager & parler c’eſt pour lui même choſe.

Il donne à mes diſcours le plus ſiniſtre tour ,

D’un mot, même obligeant, il s’aîgrit ſans retour.

La douceur à ſes yeux paſſe pour flaterie,

Et la timidité n’eſt qu’une fourberie.

De ce monſtre en fureur je me ſauve en tremblant.

Dans un excès pareil *Albin* tombe ſouvent.

Albin croit en jurant au bout de chaque phrafe
Perfuader les faits qu'il dit avec emphafe,
Il me devient fufpect, & malgré fon ferment
Je le foupçonne fort de mentir hardiment.
Il eft vain, babillard, indifcret, téméraire,
Il ignora toujours ce qu'il faut dire ou taire.
Efprit étroit, borné, plus que malicieux,
Dans une heure il nous fait vingt fois baiffer les yeux.
C'eft lui, qui, fans fujet, parle de banqueroute
Devant ce gros Marchand dont on fçait la déroute.
S'il paffe dans la place où l'on pend un fripon,
Il me dit fottement : „ je ne fçais pas fon nom,
„ Mais il étoit hué de toute la canaille,
„ Vous avez de fon air, il eft de votre taille. „
Voulez-vous reconnoître *Albin* à d'autres traits?
Albin parle d'abord & réfléchit après.
   Soyons plus réfervés, un fage nous l'ordonne,
Penfons bien, parlons peu, n'interrompons perfonne.
On daignoit m'écouter ; *Clearque* brufque & prompt
Parleur impitoyable, en criant m'interrompt.

Je

Je contois de *Mahon* la prife intéreffante,

Cléarque me chicane, il glofe, il incidente,

Il la fçait mieux... Déjà mon cenfeur incivil

De ma narration m'a fait perdre le fil ;

Le cercle en eft troublé, chacun gronde, murmure,

Avec feu cependant il foutient fa cenfure,

Par *Richelieu* lui-même, on le croiroit inftruit.

Pour moi fans répliquer, fans augmenter le bruit ,

Je fors dès qu'à ce point fa vanité l'entraîne,

Content de n'emporter chez moi que la migraine.

Pour tout homme fenfé le plus grand des malheurs

Eft de fe rencontrer avec de grands parleurs.

Là, comme un criminel, affis fur la fellette,

Mes efprits font troublés, & ma bouche eft muette.

Envain pour les fléchir des yeux j'aprouve tout,

Ils ont juré, je crois, de me pouffer à bout.

A ma droite, *Alcimon* parle de Compulfoire,

De Requête Civile, & d'Interlocutoire :

Il veut par amitié m'apprendre quand il faut

Pourfuivre, ou contre foi laiffer prendre défaut,

B

Enſuite à chaque mot il cite l'Ordonnance
Sur les ajournemens, & ſur l'incompétence.

A ma gauche, *Arrias* de Rome revenu,
Pour m'inſtruire en détail de tout ce qu'il a vû
Avec empreſſement m'adreſſe la parole,
Il jure par le *Tibre* & par le *Capitole.*
Après un long début, des bains du *Vatican*
Géométriquement il me trace le plan,
Bientôt de Rome, en poſte, il me mene à *Veniſe;*
Me décrit de Saint Marc la ſompuieuſe Egliſe,
Puis comptant par ſes doigts les jeux du Carnaval,
Un maſque ſur le nez me fait courir le Bal;
Il ne veut rien obmettre en ſes peintures folles,
Tout y vient, *Mézetin*, le Doge & ſes gondolles.
Du burleſque auſſitôt paſſant au ſérieux,
» Je remarque, dit-il, quelque ennui dans vos yeux,
» Eh bien! changeons de ſtyle, & raiſonnons d'hiſtoire,
» Car de vous amuſer, en honneur, je fais gloire.
» Vous connoiſſez les noms des Rois Aſſyriens,
» L'état de Babilone & des Egyptiens.

» Goûtez-vous *Manethon** ? fur-tout ce qu'il avance

» Je veux par un détail... » Non, non, je t'en dif-
       pense.

Artaban fur ce point fe leve brufquement,

Voudroit-il par pitié terminer mon tourment ?

Bon ! ce n'eft qu'un fâcheux, qu'un fot d'une autre
       efpece

Le plumet fur l'oreille , il gambade fans ceffe.

Quel air grotefque ! il danfe, ou faute à chaque pas

Comme un Energumene il agite fes bras,

De *Sofie* imitant le gefte ridicule ,

En contant fes exploits, il s'avance, il recule :

» Là , nos Troupes, dit-il, attendoient fierement

» De l'armée ennemie un gros détachement ,

» D'un bataillon Anglais on fit un grand carnage

» Le choc fut vif... ces gens ont parbleu du courage;

» Mais douze Grenadiers de ce glaive percés

» Sur la place »... *Artaban* , je te connois affés.

---

* Auteur qui a donné une Chronologie hiftorique de l'Egypte divifée en trente Dynafties.

B ij

Ceſſe de t'eſſouffler pour trancher de l'Alcide:

Veux-tu paſſer chez moi pour guerrier intrépide ?

Laiſſe à d'autres le ſoin de narrer tes hauts faits,

La ſolide valeur ne ſe vanta jamais.

    Pour fuir de ces parleurs la meurtriere engeance

Je me leve cent fois, mais *Criton* s'en offenſe.

Ne le voyez-vous pas ſur moi fixer les yeux ?

Je gagerois qu'il va, cauſeur myſtérieux,

Comme affaire d'état me conter à l'oreille

Qu'il vient de mettre enfin ſon bourgogne en bou-
       teille ,

Qu'*Iris* depuis huit jours a les pâles couleurs,

Ou que ſon *Almanach* promet bien des chaleurs.

Entendez-le citer quelque fable ennuyante ,

Comme il rit ! vous croiriez qu'elle eſt fort amu-
       ſante.

Je murmure tout bas de ſon fade récit ,

Et dans le fond du cœur dévorant mon dépit ,

Pour ne pas juſqu'au bout écouter ſa légende ,

J'aplaudis , je ſouris , c'eſt tout ce qu'il demande.

Que d'efprits cultivés trop fiers de leur fçavoir,

Tombent dans ce défaut fans s'en aperçevoir !

Vous efpérez envain, Demi-Dieux du Parnaffe,

Sur ce point, du Public obtenir quelque grace,

Lorfqu'avec tant d'ardeur vous lifez vos écrits

Lecteurs extravagans, comptez fur fon mépris.

Modérez, s'il fe peut, le feu qui vous anime,

De votre enthoufiafme on vous feroit un crime.

Quiconque d'Apollon ignore les fureurs,

Toujours prêt à vous croire attaqué de vapeurs,

Prend ces heureux tranfports pour vertige ou folie,

Et peut, dans fa fraïeur, ordonner qu'on vous lie.

Fin du fecond Chant.

CHANT TROISIE'ME.

ON pêche en parlant trop, comme en parlant
            trop peu,

Fuyons ces deux excès, & gardons le milieu.

J'aime un homme d'esprit qui par plaisanterie,

Hasardant quelquefois une badinerie,

Sçait rompre adroitement un trop long entretien,

Où faute de matiere on ne disoit plus rien.

Voyez quand on s'ennuie *Aristème* à la ronde

A goûter son tabac inviter tout le monde,

Il plaisante, il badine, & d'un air gracieux

Assûre, en vous l'offrant, qu'il est délicieux.

On en prend à l'instant, & sur la seule mine,

En sçavant connoisseur *Timagène* devine

Le véritable crû d'où vient ce bon tabac,

S'il est de Saint Vincent, de Scolt ou de Clérac.

Brontin le trouve verd, *Ménas* tousse, éternue,

En s'inclinant vers lui la troupe le salue,

Et lui fait à l'envi mille obligeans souhaits.

O Tabac, ce sont là tes merveilleux effets,

Non, ta vertu n'est point une vertu frivole,

Tu réveilles nos sens, tu nous rends la parole,

Tu bannis de l'esprit les chagrines langueurs,

Et malgré les efforts de tes tristes censeurs,

L'Europe, dès long-temps, t'a donné son suffrage,

Bientôt le monde entier viendra te rendre hommage.

Oserois-je fixer, critique scrupuleux,

Des conversations & les tems & les lieux ?

L'usage, la raison, sur-tout la bienséance

Doivent seuls sur ce point tenir lieu de science,

Consultez-les souvent, & formez le projet

De ne point converser sans avoir un objet.

Loin des cris du Plaideur, loin du bruit de la ville

Lamoignon quelquefois s'enfuyoit à *Bauille*,

Et par un doux loisir égayant ses travaux,

Appelloit près de lui *Racine* & Despréaux.

Là, mettant à profit son délassement même,

Il proposoit toujours quelque utile Problême;

 L'ART

Assis sur l'herbe tendre ils agitoient entre eux,

Si la prospérité peut rendre l'homme heureux :

Quel chemin le plus droit à la gloire nous guide,

Ou la vaste science, ou la vertu solide ?

Tel encor de *Bernis* l'agréable séjour

Rassemble de Sçavans une brillante Cour :

Protecteur des beaux arts, appui du vrai mérite,

C'est *Clermont* qui préside à ce cercle d'élite,

Aux moindres entretiens qu'y fournit le hasard,

La raison, le bon goût, le sel ont toujours part.

Il est des jours sereins, & des lieux favorables

Où notre esprit saisi de transports agréables

Fait éclore soudain un Atticisme heureux,

Et sans les appeller, voit accourir les Jeux.

Un air pur, un beau Ciel, une plaine riante

Dictent mille bons mots qu'un doux caprice enfante.

C'est à *Vaux-le-Peny* * qu'au retour des Zéphirs,

On goûte en liberté ces délicats plaisirs.

* Jolie Campagne près Melun.

C'eft-là qu'en une Allée, ou fur quelque Terraffe,
A rire, à converfer doucement le temps paffe,
C'eft-là que quelquefois par de tendres chanfons
Elife aux Roffignols va donner des leçons,
Les Nymphes de la Seine à l'envi pour l'entendre,
Viennent d'un pas léger auprès d'elle fe rendre...
J'ai vû même à fes pieds Pan brifer fon hautbois,
Et pleurant de dépit s'enfuir au fond du bois.

N'allons pas cependant, Mifantropes Génies,
Vanter jufqu'à l'excès nos Campagnes fleuries;
Et d'un ruiffeau coulant trop follement épris,
Pour Auteuil ou Chaillot renoncer à Paris.
Sitôt que l'Aquilon fier Tyran de la plaine,
Séche l'herbe des prez, & la feuille du chêne,
Adieu, Vallons, Bofquets, Jardins délicieux,
Vous n'êtes plus pour moi qu'un fpectacle ennuyeux;
Lorfque je vois flétrir vos fleurs, votre verdure,
Tout annonce à mes yeux le deuil de la Nature.
Si je vous quitte alors, n'en foyez point jaloux,
Je crains de devenir auffi trifte que vous.

Cherchons contre l'hiver un plus commode afyle,
Et goûtons, à leur tour, les plaifirs de la Ville;
Dans l'affreufe faifon j'en fens mieux tout le prix,
Autour de mon foyer j'affemble mes Amis;
Et pour me garantir des frimats de Décembre,
Je me tiens avec eux cantonné dans ma Chambre:
Nous parlons tour-à-tour & d'hiftoire & de vers,
Bientôt de mille abus je purge l'univers,
Je réforme les loix, & fécond Politique,
J'enfante, en me chauffant, plus d'une République.
Je donne librement l'effor à mon cerveau;
Je fuis Roi. Paroît-il un ouvrage nouveau ?
On le lit, on critique, on approuve, on raifonne,
Et chacun à fon gré, caufe, rit, ou tifonne.

Enfin d'un jeu permis les doux amufemens,
Nous font jufqu'au fouper paffer quelques momens:
Un galant aggreffeur vient me livrer la chance,
Je m'arme d'un cornet & me mets en défenfe.
Ingénieufe guerre où la prudence & l'art
Balancent le caprice & les coups du hafard,

Tric-trac, quoique le fort me foit fouvent contraire,

Toi feul, entre les jeux eus le droit de me plaire;

En vrai Stoïcien eſſuyant tes revers,

Je ne me fâche point pour un coup de travers.

Mais je ne puis fouffrir la bravade importune

D'un joueur faux-plaifant qu'aveugle fa fortune.

Peut-on fans murmurer entendre à fes côtés

Un tas de Babillards, qui, fans être invités,

De mille vains confeils nous rompent les oreilles,

Et penfent toutefois dire autant de merveilles?

Quoi, faut-il, direz-vous, mornes & férieux,

Obferver, pour vous plaire, un filence ennuyeux?

Non. Caufez, badinez, riez, mais à quel titre

D'un As ou d'un Sonnet vous rendez-vous l'arbitre?

N'apprendrez-vous jamais zélés diſſertateurs,

Que vous n'êtes ici que fimples fpeciateurs?

Ces avis empreſſés que vous donnez fans ceſſe,

De l'éducation annoncent la rudeſſe.

Et fouvent un coup d'œil, un mot dit à demi,

Du Joueur qui l'entend, vous fait un ennemi.

Mais avant que la nuit vienne ici nous surprendre,
Il faut jusqu'au Marais, chez *Ergaste* me rendre :
Il doit d'un grand repas régaler ses amis,
Et comme eux, pour ce soir, malgré moi j'ai promis.
J'arrive, on sert, mangeons, la chere est admirable !
Ah ! qu'il fait galamment les honneurs de sa table !
Armé de sa fourchette, il a déjà trois fois
A deux de ses voisins presque rompu les doigts :
Voyez-vous comme il rit de cette gentillesse ?
Bientôt pour vous montrer des traits de son adresse
Vingt boulettes de pain qu'il paitrit de son mieux,
Volent jusqu'au buffet, ou nous blessent les yeux :
Voilà ce qu'il appelle une humeur sociable ;
Soyez de grace, *Ergaste*, un peu moins agréable ;
Vous êtes, je le veux, le plus gai des humains,
Mais on veut de l'esprit, & non des jeux de mains :
De l'esprit ? scavez-vous qu'en finesse il surpasse,
Quand il veut plaisanter, & *Grécourt* & *Bocace* ?
Oui, je sçais que sans choix, sans raison, ni bon sens,
Il se plaît à gloser leurs contes indécens,

Qu'il n'eft vile équivoque, ou fcandaleufe hiftoire
Dont il n'ait à grands frais furchargé fa mémoire ;
Encor, fi fes difcours, & leurs cyniques traits,
N'offroient à notre efprit que de fales portraits,
Peut-être qu'affectant un dédaigneux filence,
On pourroit de fes jeux réprimer l'infolence.
Mais qui ne frémiroit de fa témérité
Quand, le verre à la main, prêchant l'impiété,
Pour trancher du fçavant, il traite de chimères
L'efpérance, le culte, & la foi de fes Peres ?
Par grace il reconnoît une Divinité,
Le refte n'eft qu'abus & que frivolité.
Il héfite pourtant, & peut-être lui-même
Ne croit, ou n'entend pas fon infenfé fyftême.
Ciel, abrége pour moi cet ennuyeux repas,
Délivre-moi d'*Ergafte*, & de fon vain fatras :
Que *Straton* aveuglé par la même manie
A louer ce Déïfte épuife fon génie.
D'un fi lâche fuffrage on fçait le jufte prix,
Et de fon mauvais goût perfonne n'eft furpris.

Plutôt que d'encenser comme toi cette Idole,
Straton, pour me cacher je fuirois fous le Pôle.

Où fuis-je ? Quel démon, pour me perfécuter
Aux grilles d'un parloir vient de me tranfporter ?
Tel qu'en un Trébuchet, martyr de l'imprudence,
Un Sanfonnet captif féche d'impatience.
Tel, & plus fot encor, enfermé dans ces lieux,
Il me faut effuyer maint difcours ennuyeux,
Eh ! comment parlerois-je avec quatre Veftales
De guimpes, de Serins, & d'oraifons mentales ?
Toutefois je débute, & dans mon embarras,
Je me furprends moi-même en faute à chaque pas,
Vainement dans l'efpoir d'abréger la féance,
Je vante le mérite & l'amour du filence,
Pour fruit de mon fermon toutes quatre à la fois
Traînent avec lenteur leurs douccreufes voix.

Que *Vert-vert* fut prudent, fi j'en crois fon hiftoire,
Lorfqu'échappé du cloître, & voguant fur la Loire,
Il jura fes grands Dieux d'errer dans l'univers,
Plutôt que de rentrer chez les fœurs de Nevers.

Il y rentra pourtant , & malgré lui parjure....

Mais mettant à profit sa tragique aventure,

Instruit à mes dépens , plus sage désormais ,

J'en fais vœu, les Parloirs ne me verront jamais.

J'aimerois mieux encor, quelqu'ennui qu'ils me

    causent ,

Ce cercle Bel-esprit , ces sots qui toujours causent ;

Qui changeant au hasard de propos & d'objet ,

Critiquent sans justesse , admirent sans sujet.

Ils mettent , il est vrai , dans la même balance ;

Crébillon & Mailhas, Piron & Portelance

Mais ne songeant pas même , à les désabuser ;

Je les vois s'applaudir & sçais m'en amuser.

Fin du troisiéme Chant.

CHANT QUATRIE´ME.

DU plaifir aifément la flâme fe confume
　　Et l'inftant le plus doux n'eft pas fans amertume.
Défirant, jouiffant, & jamais fatisfait,

L'homme pour le bonheur femble n'être pas fait.

Des maux dont il fe plaint Artifan déplorable,

Il hait fouvent un bien qu'il trouvoit adorable.

Semblable à cét Infecte orgueilleux, & léger,

Qu'on vit ramper long-temps avant de voltiger;

Hâletant fur les fleurs que l'Aube vit éclore,

Il dérobe au Zéphir les careffes de Flore,

Et bientôt dédaignant les Lis qu'il a flétris,

Il va porter ailleurs fa flâme & fes mépris.

　　Me faudra-t-il toujours, ennemi de moi-même,

Follement obftiné rejetter ce que j'aime?

Et déteftant enfin les fecours de la voix

Renoncer aux humains, & regretter les bois ?

Non : je prétends encore armé de patience,

Des caufeurs ennuyeux laffer l'impertinence,
Sçachons

Sçachons nous confoler, joüiffons, & pour eux

De la foCiété ne rompons pas les nœuds.

Ne nous reprochons rien qu'une imprudence extrême,

S'ils nous ont fatigué, n'accufons que nous-même,

Peut-on contre les fots fagement fe fâcher;

Lorfqu'on eft plus fot qe'eux de les aller chercher?

    Mais quoique parmi nous ce vil infecte abonde,

Il eft, il eft encor des fages dans le monde,

Qui de leur fiécle font l'ornement & l'honneur,

A nous en faire aimer plaçons le vrai bonheur,

A l'or, aux diamans préférons leur eftime,

Et nous les attachons par un commerce intime.

    Dans ce cercle brillant où l'art de converfer

Eft l'art plus cher encor de plaire & de penfer,

Préfident tour-à-tour *Cidalife* & *Célie*,

C'eft là que le plaifir fans fadeur s'aprécie.

Que ce qui peut inftruire eft toujours de faifon,

C'eft là que l'enjoûment fait rire la raifon.

L'on n'entend point bruire aux dépens du mérite

Ce *Cléon* dangereux, cet adroit hipocrite,

C

Qui pour perſuader le mal qu'il dit d'autrui,
S'éfforce auparavant de médire de lui.
Lorſque je ſortirai je ne crains pas qu'*Oronte*
Pour un mot haſardé plaiſante ſur mon compte.
Tout m'amuſe, me charme & déjà dans mon cœur
Je ſens s'inſinuer un ſentiment flateur ;
Déjà de l'Amitié la voix s'y fait entendre.

Aux biens qu'elle promet, vous qui voulez prétendre,
Connoiſſez-vous ; ſongez, en cherchant des Amis,
Que c'eſt peu du rapport des goûts & des eſprits,
Qu'il faut ſur-tout, qu'il faut, qu'en déteſtant le vice
Le même caractère en tout vous réuniſſe.
Chriſipe eſt né plaiſant, vous êtes ſérieux,
Le Ciel ne vous fit point pour être unis tous deux ?
Tandis que pour calmer l'ennui qui vous chagrine,
Tête-à-tête avec vous le folâtre badine,
Abſtrait, mélancolique & grave hors de propos,
A peine écoutez-vous *Chriſipe* & ſes bons mots.
Si j'ai reçû des Dieux un eſprit doux, facile,
J'eſtime ſans l'aimer le rigide *Pamphile*,

Son air dur me révolte , & par son ton grondeur
Il n'obtiendra jamais une place en mon cœur,
Couvert du voile épais d'une vertu solide ,
Son trop austère front jamais ne se déride ,
Et par de froids sermons prêt à le harceler ,
Il ne voit son Ami que pour le quereller.

Que le votre en ses mœurs plus doux & plus traitable
Sçache orner ce qu'il dit d'un sourire agréable ,
Que d'une ame perfide abhorrant les détours ,
Une aimable candeur regne en tous ses discours.
Que d'un mot ambigu jamais il ne se choque,
Que loin d'envenimer une vaine équivoque
Du double sens qu'elle a , le moins malicieux
Soit le seul qu'il saisisse & qui s'offre à ses yeux.
Qu'il ne sçache avec vous ni flater ni médire ,
Que rien de vos secrets au dehors ne transpire ,
Qu'il aime à relever , sans en être jaloux
Les vertus , les talens que le Ciel mit en vous.
Qu'avec prudence aussi ménageant ses carresses
Sans les justifier , il souffre vos foiblesses ,

Auprès d'un tel ami ſi jaloux de la paix ;

Les converſations ne tariſſent jamais.

On ne trouve chez lui ni raiſonnemens fades ,

Ni débats pointilleux , ni quinteuſes boutades

Heureux qui fatigué des ſotiſes d'autrui ,

En perd le ſouvenir en parlant avec lui *!*

    Pour chercher cet ami , ce caractère unique

Faudra-t-il parcourir l'un & l'autre Tropique ?

Non. J'ai ſçû m'épargner cet inutile ſoin ,

Er trouver ce mortel ſans le chercher ſi loin.

Au bonheur de mes jours le Ciel qui s'intéreſſe

De *Pilade* pour moi lui donna la tendreſſe ;

L'un à l'autre attachés par les plus fermes nœuds ,

Les mêmes ſentimens nous animent tous deux ,

Et jamais les dégoûts , les ſoupçons , les allarmes ,

De nos doux entretiens n'infectèrent les charmes.

Tantôt , libres cenſeurs , la lanterne à la main

Nous ſçavons au grand jour ouvrir le cœur humain.

Et dans nos gais propos , aux larmes d'*Héraclite* ,

Mêler en plaiſantant les ris de *Démocrite*.

Tantôt fous fes tilleuls ou dans fon cabinet,

Ariftarque nouveau d'une Ode ou d'un Sonnet,

Il relit avec moi les ftrophes orgueilleufes ;

Mais foiblement touché de leurs rimes pompeufes,

Chez lui ces faux brillans ne font pour rien comptés,

Et dans la raifon feule il trouve des beautés.

Hafardant quelquefois un vol philofophique,

Sans fonder de *Newton* le fyftême phyfique,

Il aime à me parler de l'abîme des mers,

Et des fecrets refforts qui meuvent l'Univers.

Enfuite à l'infini divifant la matière,

Nous en examinons l'origine première,

Et fur le point d'atteindre à l'effence des corps ;

Notre efprit abattu par fes propres efforts,

Adore en fe perdant dans l'efpace du monde,

Du Dieu qui le créa la fageffe profonde.

Ainfi dans fes difcours tout me plaît, tout m'inftruit,

Et l'Art de bien parler en eft le moindre fruit.

Il préfère aux aprêts de la cérémonie

Un air & des plaifirs dont la gêne eft bannie,

Il fçait en converfant fans fadeur, fans fierté:
Unir la politeffe avec la liberté.

L'éclat de ces vertus qu'en toi l'on voit paroître,
Déjà, cher D*** te fait affez connoître,
Que ton nom toutefois célébré dans mes vers,
De ma reconnoiffance inftruife l'Univers :
Eh ! quoi ! la vérité peut-elle te déplaire ?
Comblé de tes bienfaits, je ne fçaurois les taire ;
L'équité, la raifon, l'honneur, la bonne foi,
Dès l'enfance ont choifi leur demeure chez toi,
Et fi d'un tendre Ami j'ai peint le cœur fidéle,
On fçaura que le tien m'a fervi de modèle.

Que je vois de mortels mécontens & jaloux
M'envier le bonheur d'un commerce fi doux !
Cet Ami, difent-ils, foutient votre courage,
Et diffipe des maux qu'avec vous il partage ;
D'une langue perfide éprouvez-vous les traits ?
Bientôt auprès de lui vous recouvrez la paix,
Et de vos noirs foucis la meurtrière efcorte
S'enfuit à fon afpect, & vous quitte à fa porte.

Mais nous à qui le Ciel refuse un tel appui,
Un fatal désespoir doit finir notre ennui :
Qu'à leur gré les fâcheux regnent donc dans la ville
Et contre leurs fureurs nous ouvrant un azile,
S'il faut pour vivre en paix, ne plus parler qu'aux
    Ours,
Au fond d'un bois obscur traînons nos tristes jours.
    Ainsi dans son chagrin raisonne un Fanatique
Misantrope hargneux, & fou mélancolique :
Mais de ce vif transport quelque soit le sujet,
Peut-on ne rire pas d'un si fougueux projet ?
Eh ! quoi ! se fâche-t-on contre la canicule
De ce que la chaleur en plein été nous brûle ?
C'est envain qu'on se plaint de l'ardeur de ses traits,
Et l'air, malgré nos cris, ne devient pas plus frais.

    Tel, & moins sage encor, critique atrabilaire,
Tu ne peux voir un sot sans te mettre en colère,
Reponds-moi : ton dépit guerrit-il ses erreurs ?
Lui rend-il le sens droit ? Adoucit-il ses mœurs ?
Non. Aux plus beaux esprits son esprit se compare,
Et sa louche raison de plus en plus l'égare.

Conviens donc qu'infenfible à tes aigres difcours,
Un fot fût toujours fot & le fera toujours.

Déformais mieux inftruits par notre expérience,
Des converfations réduifons la fcience,
A bannir loin de nous le fiel, la vanité,
L'entêtement, l'envie, & la duplicité :
Un cœur débarraffé de ces paffions folles,
En réglant fes defirs regle auffi fes paroles,
Le gefte, le maintien, les yeux, le ton de voix,
Formés par la vertu, fuivront toujours fes loix.
Sur-tout foyez fincere, équitable, modefte,
Chez vous l'art de parler fera bientôt le refte.
Cet art peut du langage augmenter les attraits,
Mais fans un vrai mérite il ne plaira jamais.

Fin du quatriéme & dernier Chant.